# LÉGENDES LOCALES

## DE LA

## HAUTE-BRETAGNE

## LES MARGOT LA FÉE

PAR

### Paul SÉBILLOT

Extrait des Mémoires de la Société d'Emulation des Côtes-du-Nord.

PARIS

MAISONNEUVE & CH. LECLERC

25, Quai Voltaire, 25.

1887

# LÉGENDES LOCALES

## DE LA HAUTE-BRETAGNE

# LÉGENDES LOCALES

## DE LA

# HAUTE-BRETAGNE

——— ✠ ———

## LES MARGOT LA FÉE

PAR

## Paul SÉBILLOT.

Extrait des Mémoires de la Société d'Emulation des Côtes-du-Nord.

## PARIS

### MAISONNEUVE & CH. LECLERC

25, Quai Voltaire, 25

—

1887

# LÉGENDES LOCALES

## DE LA HAUTE-BRETAGNE

Dans les cantons de Lamballe, de Moncontour, de Collinée et dans plusieurs autres pays de la partie des Côtes-du-Nord qui touche au massif montagneux du Mené, on désigne sous le nom de Margot la Fée, des fées que les conteurs distinguent nettement de celles qui figurent dans les contes populaires et qui vivent dans le royaume mystérieux et indéterminé de la féerie. Ils leur assignent une demeure particulière dans le pays même, et les récits où elles jouent un rôle ont plutôt la forme de la légende que celle du conte. En parlant d'elles, on se sert fréquemment des expressions familières, presque amicales de : « ma commère Margot » ou « la bonne femme Margot », ce qui semble montrer qu'on les regarde comme des espèces de compatriotes.

Ces pays ne sont pas les seuls où le nom de Margot désigne les fées ; mais ailleurs, elles sont à l'état sporadique et isolé, et on ne les rencontre pas, comme ici, très vivantes dans la mémoire des gens et formant tout un groupe légendaire.

Près du cap Fréhel, une grotte de la mer s'appelle la Salle à Margot ; en Berry, une sorte de caverne, à Luant (Indre), porte le nom de Loge de la Margot (JAUBERT, *Glossaire du Centre* t. II, au mot Loge). En Champagne, en Berry, dans l'Yonne, d'après des communications qui m'ont été faites, le nom subsiste, mais les légendes semblent avoir à peu près disparu.

Au XVIII<sup>e</sup> siècle, ce terme est employé dans un passage assez obscur de d'Assoucy, et paraît désigner une courtisane. Dans ses rimes redoublées, il fait ainsi parler la Samaritaine :

> Je n'étois pas si défroquée
> Du temps que messieurs les laquais
> Et mes paladins sans haquets
> Pour moi quittoient Margot la fée,
> Cartes et dés et bilboquets.

Dans le coin de la Haute-Bretagne où leurs légendes sont conservées, les Margot sont regardées comme des espèces de divinités indigènes, plutôt bienfaisantes que mauvaises. Leur disparition serait assez récente ; il semblerait même que les gens croient que toutes n'ont pas quitté le pays.

Ces fées se rattachent presque toujours à un mégalithe ; elles résident dans les dolmens, dans le creux des gros blocs naturels, et dans des endroits qui paraissent avoir été, aux temps préhistoriques, des abris sous roches. A cette catégorie appartiennent plusieurs des énormes pierres de la butte Crokélien, située dans la commune du Gouray, et dont le sommet inculte est parsemé de gros blocs naturels, de formes bizarres et variées, dans lesquels l'imagination populaire voit tous les ustensiles d'un ménage de fées géantes, depuis le berceau des enfants jusqu'au parapluie des bonnes dames, sans oublier l'auge où elles abreuvaient leurs bœufs.

Les légendes qui suivent ont été presque toutes recueillies dans le village de la Ville-Doualan, qui est au bas de Crokélien, et elles montrent combien le souvenir de Margot est resté vivant. Ce ne sont pas les seules qu'on y raconte : on en trouvera d'autres reproduites ou analysées au tome I<sup>er</sup>, p. 105 et suivantes, de mes *Traditions et superstitions de la Haute-Bretagne*.

Je suis persuadé que sur d'autres points de notre département une enquête ferait découvrir de curieux récits sur ces fées, qui sont peut-être la dernière incarnation des divinités locales de l'époque préchrétienne.

1. XX.

## LE TRÉSOR DES FÉES DE CROKÉLIEN.

Il y avait une fois un homme de la Ville-Doualan qui était très pauvre et avait bien du mal à nourrir sa famille. Tous les jours il allait travailler comme journalier au Fresne, qui, en ce temps-là, était encore un château ; mais il avait beau travailler, c'est à peine s'il gagnait de quoi vivre.

Un soir qu'il s'en revenait de sa journée et passait par la colline de Crokélien, il fut abordé par une belle dame qui lui demanda pourquoi il paraissait chagrin. Il lui répondit que c'était à cause qu'il ne gagnait pas assez pour lui et pour sa famille.

— Si vous voulez, dit la dame, envoyer votre garçon garder mes vaches, je vous donnerai de l'argent autant que vous en désirerez.

Elle le mena dans un souterrain où il y avait un monceau d'or, plus grand que le tas de blé du grenier d'une grande ferme. Au bout se tenait un gros bœuf et derrière lui se voyait une belle croix. Le journalier mit de l'or dans ses poches et s'en retourna chez lui, bien content.

Le lendemain, il envoya son fils à la Roche-Bau ; toute la journée le jeune gars fut occupé à garder les bestiaux, et, à l'heure du dîner, une belle dame lui servit sur une petite table un repas comme jamais il n'en avait mangé.

Le journalier n'allait plus travailler au château depuis qu'il avait de l'argent ; il se mit à l'aise et passait ses journées comme un bourgeois. Son voisin lui demanda un jour où il avait pris tant d'argent.

— Ah ! répondit-il, il n'en manque pas où je l'ai pris ; si tu veux venir avec moi, nous en ferons une provision.

Ils allèrent tous les deux au souterrain et remplirent leurs poches d'or ; mais il leur prit envie d'emporter la croix. Ils passèrent à côté du bœuf et la sortirent du souterrain ; le lendemain, ils voulurent y retourner, mais le monceau d'or avait disparu ; car c'était la croix seule qui avait empêché le bœuf d'emporter le trésor, et, dès qu'elle eut disparu il s'en était emparé, et jamais depuis on ne le revit.

Les fées furent très en colère contre cet homme, qui était cause de la perte de leur trésor, et, pour le punir, elles gardèrent son fils avec elles.

Cependant le journalier n'avait pas été longtemps à dépenser son argent, et, quand il n'eut plus rien, il fut obligé de retourner travailler à journées, et cela lui semblait plus dur qu'autrefois.

Tous les jours il se lamentait en pensant à sa misère et à la perte de son fils. Il était si malheureux que les fées eurent pitié de lui. Un soir qu'il s'en revenait de sa journée, la même dame qui lui avait parlé une première fois l'accosta encore au même endroit :

— Jean, lui dit-elle, je connais ta misère ; il y a un an, je t'avais donné un immense trésor ; tu aurais pu y puiser à ta guise et même en faire part à tes camarades ; mais tu l'as perdu par ta sottise. Je te pardonne pourtant et j'ai pitié de toi : ton fils n'est pas perdu, il est bien avec nous. J'ai encore un autre trésor et je vais te le montrer ; mais fais bien attention à ne pas toucher à la croix qui est dessus, car tout serait perdu.

Elle le conduisit encore dans le souterrain, où il fit une bonne provision d'argent, et quand lui et son voisin le journalier en avaient besoin, ils entraient dans le souterrain. Son fils quittait parfois les fées et venait le voir.

Cependant la femme du journalier vint à mourir ; il en eut bien du chagrin et voulut lui faire faire un beau tombeau ; il ne trouvait point de croix assez brillante, et il résolut d'enlever celle du souterrain. Il y alla avec son compère ; mais la fée, qui se défiait d'eux, les surprit au moment où ils s'approchaient de la croix ; elle les chassa et ferma à jamais l'entrée du souterrain.

Elle ne punit pas autrement le journalier, qui resta riche, mais elle garda son fils, qui jamais depuis ne revint à la maison.

(Conté en 1882, par J.-M. Comault, du Gouray,<br>âgé de 16 ans).

11. XXI

## LA BONNE FEMME QUI ALLA AUX CHATAIGNES.

Il y avait une fois une bonne femme qui allait ramasser des châtaignes dans les bois pour les manger au coin du feu pendant l'hiver. En ce temps-là, il n'y avait pas d'horloge, et un matin qu'il faisait un vent à décorner les bœufs, elle se leva de bonne heure pour être rendue au bois avant les autres. Elle quitta sa maison et arriva dans le bois ; mais quand elle y fut le tonnerre grondait, un éclair n'attendait pas l'autre, et elle avait si peur qu'elle s'agenouilla au pied d'un arbre et se mit à dire ses prières en attendant le jour.

Les fées de Crokélien, elles aussi, étaient à ramasser des châtaignes ; l'une d'elles s'approcha de la femme et, l'ayant regardée, elle dit :

— La bonne femme dort.

Elle ne dormait point ; mais elle avait fermé les yeux pour ne point voir les éclairs, et elle disait son chapelet. Les fées traînèrent devant elles un bassin rempli d'or, et elles disaient :

— La bonne femme dort.

Mais celle-ci écourta le fil de son chapelet, et toutes les pâtenôtres roulèrent dans le bassin rempli d'or. Les fées se dispersèrent en criant, et la bonne femme fut riche.

(Conté par Pauline Brouté, âgée de 30 ans).

III.

## LA ROCHE DE BOSQUEN.

Il y avait autrefois à Bosquen une grosse pierre plate et ronde. Sur le côté plat, elle portait cette inscription :

Celui qui me tournera
Gagnera.

Tout le monde s'empressait de la lever et de la tourner ; mais de l'autre côté était écrit :

Celui qui m'a tourné
N'a rien gagné !

Un homme qui avait entendu parler de cette pierre vint la voir, et, ayant vu l'inscription du dessus, il la tourna tout seul (il paraît qu'en ce temps-là les hommes étaient plus forts qu'à présent.) Il vit alors l'inscription :

Celui qui m'a tourné
N'a rien gagné !

— Gagné ou pas, s'écria-t-il, sorcière, v'allez veni' sez mé. (Vous allez venir chez moi).

Et il la chargea dans sa charrette. Le lendemain, il la brisa en morceaux : elle était creuse et remplie d'or.

(Conté en 1881 par Pierre Ramet, âgé de 58 ans, qui tient ce récit de sa grand'mère, morte vers 1840, à l'âge de 80 ans).

## IV.

### LE PARAPLUIE DE MARGOT.

Il y avait une fois un homme qui était à *guéretter* dans un champ voisin de Crokélien. Il entendit sortir de sous terre une voix qui disait :

— Jean Gillet, apporte-moi du bois pour chauffer mon four !

La voix répéta plusieurs fois ces mots ; enfin, Jean Gillet — c'était le nom du laboureur, — dit qu'il allait en apporter. Il n'y avait pas longtemps qu'il avait tondu son fossé et il était resté du bois dans le creux. Il alla avec l'homme qui lui aidait à guéretter, et ils en apportèrent chacun une brassée qu'ils mirent sur l'endroit même d'où la voix avait semblé les appeler.

Ils continuèrent leur travail, et, une heure après, ils ouirent une voix qui disait :

Jean Raud,
Apporte la pâte, le four est chaud !

Les deux guéretteurs ne dirent rien, et peu après ils entendirent une voix qui criait :

Vous allez vous rendre à midi
Auprès du parapluie (1).

Les deux hommes promirent d'y aller, et, en effet, à midi, ils se trouvèrent à l'endroit désigné. Ils y virent une belle dame qui leur dit :

— Suivez-moi, je vais vous récompenser de votre peine.

Les deux hommes suivirent la dame, qui se dirigea vers la Maison aux Margot, et ils entrèrent à sa suite dans une petite venelle qui conduit au pré et à la maison. Quand ils furent entrés, leur lot à chacun était fait. La dame donna à Jean Gillet une *crublée* d'argent et une belle miche de pain et à l'autre une chapelée d'argent ; mais elle leur défendit d'en parler à âme qui vive. Ils s'en retournèrent bien contents.

Mais un jour Jean Gillet raconta cela à sa femme, l'un de ses enfants l'entendit et le dit à un de ses camarades, qui le redit à son père. Celui ci alla aussi au Parapluie ; mais il ne vit et n'entendit rien.

(Conté en 1881, par Pierre Ramet, du Gouray, âgé de 58 ans ; il tient ce récit de sa grand'mère, morte à l'âge de 80 ans.)

## V.

### QUI TROP CONVOITE N'A RIEN.

Il y avait une fois un *couturier* qui s'en revenait de sa journée, et il était bien marri, car il songeait qu'il lui fallait de l'argent pour le lendemain et il ne possédait pas un sou vaillant.

Comme il passait près de la croix du Saudray, il vit une petite bonne femme qui lui dit :

— Qu'avez-vous à vous désoler de la sorte, mon brave homme ?

(1) Roche qui a la forme d'un équerre dont l'un des bouts repose à terre et dont l'autre est tourné horizontalement. On l'appelle le Parapluie à Margot. Les pâtours s'y mettent à l'abri.

— Ah ! répondit-il, c'est qu'il me faut dix francs pour demain, et aussi un quart de blé, car je n'ai plus de pain à donner à mes enfants.

— Hé bien ! lui dit la petite bonne femme, qui était la Margot la Fée, il y a là-bas sous le pont une clef ; tu la prendras et tu iras sur Crokélien, contre la Roche-Baüés ; là tu verras trois portes, et, avec ta clef, tu ouvriras celle qui te plaira et tu trouveras de l'argent en abondance, dont tu pourras prendre autant qu'il te conviendra.

Le couturier trouva la clef sous le pont, puis il se rendit sur Crokélien, où il vit les trois portes. Il y en avait une qui s'ouvrait sur une galerie pleine d'or, l'autre sur une galerie pleine d'argent et la troisième sur une galerie pleine de monnaie. Le couturier eut la chance d'ouvrir la porte qui conduisait au monceau d'or, et quand il fut entré dans le souterrain, il vit trois monceaux de différentes sortes de monnaies. Il y en avait un en or, sur lequel était couché un beau mouton blanc ; un deuxième, sur lequel était couché un mouton un peu moins blanc, et sur un tas de monnaie de cuivre était couché un autre mouton un peu moins blanc que les deux autres.

Comme le couturier était tout près du monceau d'or, parce qu'il était entré par la porte qui se trouvait juste en face, le mouton blanc lui dit :

— Que te faut-il ?

— De l'argent, répondit le couturier.

— Par les ordres de qui es-tu venu ici ?

— Par ceux d'une petite bonne femme que j'ai rencontrée là-bas.

— C'est bien ; combien te faut-il ?

— Dix francs, et de quoi acheter un quart de blé.

— Prends ce que tu voudras, dit le mouton.

Le couturier se mit à ramasser de l'or ; il en mit dans ses poches, entre sa peau et sa chemise, et il se chargea comme un mulet.

— Ah ! lui dit le mouton blanc, tu as pris joliment de l'or ; mais si tu avais ton sac, tu pourrais en emporter bien davantage.

— C'est vrai, répondit le couturier ; faut-il aller le chercher ?

— Oui, oui, dit le mouton, tu peux y aller si tu veux.

Le couturier, qui s'attendait à remplir d'or son sac, se débarrassa de tout ce qu'il avait dans ses poches pour pouvoir courir plus vite. Il s'empressa de revenir avec son sac ; mais quand il fut sur Crokélien, il ne retrouva plus ni les portes ni les monceaux d'or, ni les moutons, et il s'en fut chez lui bien penaud.

Le lendemain, en revenant de sa journée, il passa par le même chemin que le soir précédent, et il se souvint de la bonne femme, du monceau d'or et du mouton blanc. Il se désolait comme la veille ; la petite bonne femme se montra encore à lui et lui dit :

— Ah ! te voici ? Tu fis le gourmand, hier soir ; tu ne suivis pas mes conseils, aussi tu fus trompé ; si tu avais voulu tu aurais été riche, mais tu ne seras jamais qu'un gueux.

La fée disparut, et le couturier retourna chez lui, bien marri d'avoir tout perdu par son trop de convoitise.

(Conté en 1881, par J.-M. Comault, du Gouray).

## VI.

### LE BONHOMME ET LA FÉE.

Il était une fois à la Ville-Donalan un bonhomme et une bonne femme : ils avaient, sauf votre respect, deux petits cochons qui tous les jours allaient vaguer sur Crokélien ; les fées les ramassaient et leur donnaient à manger, de sorte que tous les soirs ils revenaient à la maison le ventre saoul. Le bonhomme voyant que ses cochons engraissaient et étaient aussi bien en point que si on les avait mis en *paisson*, se mit à les suivre pour voir où ils allaient. Quand ils arrivèrent auprès de Crokélien, une trappe se leva et les pourceaux se sauvèrent dans la *tainière* qui était ouverte, et qui se referma sur eux.

Au bout de quelque temps, il les vit ressortir saouls comme des gens de noce, et une petite bonne femme toute bossue les conduisait. Il pensa que c'était une des fées, et il lui dit :

— Ma bonne femme, ayez l'obligeance de m'accorder un service.

— Je ne suis pas la maîtresse, répondit-elle ; mais je parlerai pour vous : revenez demain.

Le bonhomme revint à Crokélien le lendemain, et il emporta un sac avec lui. Quand il fut auprès de la grotte aux fées, il vit une belle dame qui avait auprès d'elle des toises d'argent. On l'appelait la fée Argentine.

— Vous êtes l'homme qui est venu hier ici ? lui demanda-t-elle.

— Oui, répondit-il, et je voudrais bien que vous me rendiez service.

— Hé bien, dit-elle, voilà de l'argent ; vous pouvez en prendre plein votre sac, ou, si vous aimez mieux, allez chercher votre harnais (attelage).

Le bonhomme courut à la maison, et attela ses chevaux ; mais quand il arriva, au lieu d'argent, il n'y avait que des *ferluches* (rubans de menuisier), et le bonhomme n'eut rien du tout.

(Conté en 1881, au château de La Saudraie, par<br>J.-M. Comault, du Gouray, âgé de 15 ans).

## VII.

### LA COULEUVRE.

Il y avait une fois un homme qui était à *guéretter* dans un champ près de Crokélien. Il avait une attelée de deux chevaux que conduisait son fils ; tout à coup ils entendirent une voix sous terre qui disait :

— Empiéte-moi ma pelle.

Les deux « harouillards » de guéretteurs faisaient beaucoup de bruit, et ils n'entendirent point crier la fée (car c'en était une). Elle reprit encore :

— Empiéte-moi ma pelle.

Le bonhomme, qui avait ouï un petit bruit, cria à son fils d'arrêter son attelée. Quand il l'eut fait, elle dit pour la troisième fois :

— Empiéte-moi ma pelle.

— C'est bien, répondit le laboureur ; je vais l'empiéter.

Quand ils furent au bout de leur sillon, ils trouvèrent une pelle et son manche. Le bonhomme prit un hachot qu'il avait apporté pour raccommoder sa charrue si elle venait à se déranger ; il empiéta la pelle, puis il la posa dans l'endroit où il l'avait prise, et ils continuèrent leur travail.

Pendant qu'ils étaient à faire ce sillon, la pelle fut enlevée, et à sa place on avait mis une tassée d'argent, une coupe de vin et une belle fériole (1). Le bonhomme dit :

— C'est peut-être pour notre peine d'avoir arrangé la pelle que la fée nous donne cela.

Ils mangèrent et burent de bon appétit, puis ils ramassèrent l'argent ; mais la coupe plut tant au petit garçon qu'il la mit dans sa poche sans que son père s'en aperçût, et ils continuèrent à guéretter. La fée se mit encore à leur crier :

— Rends-moi ma coupe !

Mais les deux *herqueliers* n'entendaient rien. Tout à coup, ils ouïrent un petit bruit, et le bonhomme dit :

— Bourde un peu là, gas.

L'enfant s'arrêta encore, et ils prêtèrent l'oreille pour mieux entendre la voix. La fée répéta encore :

— Rends-moi ma coupe !

Le bonhomme se mit à murmurer, et il demanda à son fils s'il ne l'avait pas vue. L'enfant répondit que non ; mais le père ne crut pas à ces paroles mensongères, il fouilla son fils et trouva la coupe dans une de ses poches. Je ne sais s'il le gronda ; mais il remit la coupe dans l'endroit où il l'avait trouvée la première fois ; ils se remirent à leur travail, et quand ils arrivèrent au bout du champ, la coupe avait disparu.

Le lendemain, la fée alla chez cet homme, et lui dit que s'il voulait aller où elle lui commanderait, elle le rendrait riche pour sa vie. L'homme accepta sans savoir ce que la fée voulait, car il n'était pas riche.

La fée lui dit :

— Si tu veux te rendre demain matin, au soleil levant,

_______

(1) Miche.

au pont des Planchettes (1), tu y trouveras une couleuvre ;
mais, écoute, il faudra porter avec toi une pêle (2). Quand
tu seras arrivé là, tu verras la couleuvre, tu la couvriras
avec ta pêle et tu t'assiéras dessus. Tu resteras ainsi toute
la journée, et au soleil couchant tu te lèveras et tu reti-
reras ta pêle. Demain ce sera la foire de Collinée : tout
le monde passera par là et te demandera ce que tu fais
là ; tu leur répondras que tu attends les chaudronniers
pour raccommoder ta pêle.

L'homme promit d'y aller, et la fée disparut.

Le lendemain, comme il l'avait promis, il alla au pont
des Planchettes et porta sa pêle qui justement était percée.
Quand il fut arrivé au pont des Planchettes, il y trouva
la petite couleuvre. Il posa immédiatement sa pêle dessus,
puis il s'assit.

Les gens qui se rendaient à la foire, voyant le bonhomme assis au bord du chemin sur sa pêle, lui deman-
dèrent ce qu'il attendait là.

— J'attends, disait-il, les chaudronniers pour raccommoder ma pêle.

Ils se contentaient de cette réponse et passaient outre.

Le soir, quand les gens revenaient de la foire, ils l'y
trouvèrent encore ; mais ils crurent cette fois qu'il avait
perdu la tête. Le bonhomme n'était pas en cela de leur
avis, et il en riait au-dedans de lui.

Aussitôt que le soleil fut couché, il leva sa pêle, et, à la
place de la couleuvre, il vit une belle demoiselle.

C'était la fille de la fée, qui avait dit au bonhomme de
se tenir toute la journée près du pont des Planchettes.
Elle avait été changée en couleuvre pour une journée, et
elle était obligée d'aller se placer près du pont des Planchettes, sur la route du Gouray à Collinée, et, si elle
n'avait pas été préservée par la poële, les gens l'auraient
tuée, car ils n'auraient pas su que c'était une fille à Margot
la Fée et ils l'auraient prise pour une couleuvre ordinaire.

(1) Petit pont sous lequel passe l'Arguenon, alors simple ruisseau ; il est
situé à 800 mètres environ du Gouray.

(2) Grand bassin de cuivre.

Margot la Fée récompensa le bonhomme qui, à partir de ce moment, eut en abondance de l'or et de l'argent.

(Conté en 1881, par Jean Soulabail, du Gouray,<br>charron, âgé de 60 ans).

## VIII.

### LE PETIT GAS DE MARGOT LA FÉE.

Il y avait une fois un homme qui s'en retournait chez lui ; comme il passait par un chemin, il entendit de petits cris dans le champ voisin, et il y entra pour voir ce que c'était. Il trouva un petit enfant couché dans une raie de blé. Il le prit sur son dos et l'emporta chez lui. Mais l'enfant était si lourd que son poids l'accablait, et il s'écriait tout en sueur :

— Oh ! que tu pèses ! oh ! que tu pèses !

— Oh ! que tu pèses ! s'écria l'enfant d'une voix perçante ; est-ce que je te priais de me prendre sur ton dos ? reporte-moi où tu m'as pris.

— Comment, dit l'homme, tu parles donc, toi ?

— Mais oui, répondit l'enfant.

Le bonhomme retourna sur ses pas avec le petit gas de Margot la Fée sur son dos, et il s'écriait tout le long de la route :

— Oh ! que tu pèses ! oh ! que tu pèses !

Il arriva enfin à l'endroit où il avait trouvé l'enfant et, quand il l'eut posé par terre, le petit sorcier s'écria :

— Eh bien, viendras-tu encore me chercher une autre fois ?

(Conté en 1881, par Jean Soulabail).

## IX.

### LE PATOUR DES FÉES.

Il y avait une fois un homme qui n'était point riche, et comme il avait à la maison des enfants en bas-âge, il avait bien du mal à les nourrir. Pourtant il travaillait de son mieux, et tous les jours il allait tirer des pierres sur Crokélien, car il était carreyeur de son état.

Un jour que les pierres étaient difficiles à extraire, et qu'il gémissait en songeant à son malheureux sort, il vit tout à coup devant lui une belle dame qui lui demanda pourquoi il se plaignait de la sorte :

— Ah ! dit-il, j'ai bien du mal, et j'ai beau travailler, je ne puis suffire à nourrir mes cinq enfants.

— Il me faudrait, dit la belle dame, un jeune garçon pour garder mes bestiaux ; envoyez-moi un de vos enfants, et il n'aura pas à s'en repentir.

Bien que l'homme ne fût pas riche, il ne voulait pas d'abord consentir à laisser son fils aller chez une personne qu'il ne connaissait pas ; mais la dame le rassura si bien qu'il courut à la maison et lui amena l'aîné de ses garçons, qui était âgé de neuf ans environ. La fée l'emmena avec elle et donna à son père une *chapelée* d'argent.

Tous les matins l'homme retournait à la carrière, et, en arrivant, il y trouvait une belle miche de pain, une cruche remplie de bon cidre et un *tranchoué* de beurre : aussi il était heureux, et n'avait plus besoin de tant se fatiguer pour vivre. Mais à la maison la mère aurait bien voulu voir son enfant qui était parti pour aller chez les fées : toutefois, elle pensait qu'il ne devait pas être malheureux, puisque sa maîtresse envoyait à son père à boire et à manger.

Au bout de quelque temps, l'enfant s'en revint, et il raconta à ses parents ce qu'il avait vu et entendu :

— La Margot, dit-il, m'a mené par une grande venelle (1), puis nous avons passé par une porte près de laquelle était une vieille, vieille bonne femme. Oh ! elle m'a fait bien peur, mon petit papa. Nous avons continué à aller par ce grand chemin, et enfin nous sommes arrivés à un endroit où il y avait de belles dames et des enfants à peu près de mon âge. Tous ces enfants vinrent au-devant de la Margot qui me conduisait et me présentèrent à manger de très bons fruits. Je passai la première journée

_________

(1) Ruelle, petite route.

sans rien faire ; mais, le lendemain, on me montra un
haras (1) de bœufs, et la belle dame qui était venue me
chercher me dit qu'il fallait aller les garder sur Crokélien,
mais que je devais les laisser paître où bon leur semblerait, car, à ce qu'elle m'assurait, personne ne leur dirait
rien. Tous les jours je conduisais les bœufs et je n'avais
pas grand mal, et tous les soirs, au soleil couchant, je
m'en retournais à la *ténière* (2), et je m'amusais avec les
autres enfants. J'ai de la nourriture autant que j'en veux,
et la dame qui est venue me chercher est contente de
moi. Vous voyez que je ne suis pas malheureux ; mais il
est temps que je m'en retourne, car, si je restais trop
longtemps, on me gronderait et je ne pourrais plus revenir.

Le petit gars s'en retourna après avoir embrassé ses
parents : tous les jours il venait avec ses bœufs sur le
tertre et dans les champs voisins et ses parents le voyaient.

Un jour qu'il était avec ses bœufs, il les laissa pâturer
dans un champ où il y avait de l'ajonc. Le maître du
champ arriva et cria à l'enfant de venir chercher ses bœufs
qui étaient en dommage. Comme il ne se pressait pas,
l'homme alla à lui et le frappa. Mais mal lui en prit, car
la Margot la Fée, qui voyait tout, fit aussitôt crever une
de ses vaches.

Cependant la Margot la Fée eut une petite fille, dont
l'enfant fut le parrain. Alors les bonnes dames lui com-
muniquèrent leurs secrets et il fut aussi savant qu'elles.

Il y avait vingt ans déjà qu'il était avec les fées ; mais
le temps ne lui avait pas paru si long de moitié. Sa fil-
leule avait grandi, et il l'épousa. Alors de pâtour il devint
maître, et il fit construire un beau château pour ses parents, qui depuis furent toujours riches et heureux.

Et le jeune homme resta avec sa femme dans les ténières
de Crokélien, à vivre de la vie des fées.

(Conté en 1881, par J.-M. Comault, du Gouray.)

(1) Troupeau.

(2) Tanière.

## LA MARGOT A LA MAISON.

Il y avait une fois au Frêne une femme qui avait beaucoup d'ouvrage à faire, aussi bien au dehors comme au dedans. Mais la Margot la Fée, qui était bonne pour les pauvres gens, venait tous les jours faire son ménage. La femme en était bien étonnée, et elle ne savait pas qui venait ainsi lui aider ; mais elle pensa cependant que c'était Margot la Fée et elle voulut en avoir le cœur net.

Elle se cacha avec soin derrière une armoire, et elle vit la Margot qui descendait par la cheminée. Elle prit le balai, nettoya la maison et remit chaque chose en place, mieux que n'aurait fait la servante la plus soigneuse. Alors la femme sortit de sa cachette et lui dit :

— Belle dame, comme vous êtes bonne de venir faire mon ouvrage ! Vous m'avez rendu de grands services et je ne sais comment vous en remercier. Si vous voulez, je vais aller tirer du cidre et vous vous régalerez avec moi en mangeant un petit fricot. C'est de bon cœur que je vous l'offre.

— Je veux bien, répondit la dame.

La femme prépara un bon petit fricot, et elle et la Margot le mangèrent avec plaisir.

La Margot la Fée continua de venir faire l'ouvrage de la bonne femme ; mais elle avait trouvé à son goût sa viande et son cidre ; aussi tous les jours elle en emportait une petite provision. La femme s'en apercevait, mais elle se gardait bien d'en parler à personne ; son mari voyait aussi que son cidre diminuait, et comme sa femme lui avait conté que la Margot venait lui aider, il la soupçonna de venir visiter son tonneau. Il ordonna à sa femme de rester à la maison, mais comme malgré cela la viande disparaissait ainsi que le cidre, il mit un soir ses domestiques à veiller dans le cellier et lui-même resta à garder la viande.

Vers minuit arrivèrent dans le cellier un homme coiffé d'un grand bonnet et un jeune garçon. Il se mit à tirer du cidre, mais les domestiques lui donnèrent une volée de coups de trique, et il disparut ainsi que son compagnon laissant sous la chantepleure son pichet à moitié rempli.

A la même heure, un autre homme qui portait un sac vint au charnier ; mais le maître de la maison le *chanlatta* comme il faut, et depuis ce moment la Margot la Fée ne revint plus à la maison.

(Conté en 1881, par Victoire Plesse, du Gouray).

XI.

LES FÉES ET LA VACHE.

Autrefois les Margot la Fée de Crokélien dansaient des rondes la nuit, faisaient l'ouvrage, le défaisaient, tuaient des bestiaux et venaient les dépecer dans la maison même de celui à qui ils étaient, puis ils mettaient la viande à rôtir et la mangeaient.

Une nuit, elles vinrent dans une maison de la Ville-Doualan où elles savaient que se trouvait la meilleure vache du pays. Elles entrèrent dans l'étable et prirent la plus belle sans se tromper, car elles l'avaient marquée d'avance. L'une des fées l'abattit, l'écorcha, puis elles vinrent toutes ensemble la porter dans la maison, où elles la pendirent par les pieds, comme c'est l'usage. Le bruit qu'elles faisaient réveilla celui à qui était la vache, mais il ne dit rien, car il avait peur que les Margot irritées ne lui fissent quelque tour de leur façon.

Elles se mirent à couper des morceaux qu'elles placèrent dans une casserole, et, ayant pris du beurre dans la *met,* elles fricassèrent leur plat. Lorsque le morceau fut cuit, elles se le partagèrent ; mais comme il n'y en avait pas assez pour toutes, elles firent une nouvelle fricassée, et le bonhomme, de son lit, les voyait aller à la table, prendre du beurre et manger du pain et des galettes. Il était bien marri de voir tout son fait s'en aller ainsi et il songeait que le lendemain il ne lui resterait plus rien pour déjeûner. Il finit par leur dire :

— Puisque vous mangez ma vache, donnez-m'en au moins un petit morceau pour goûter.

La cuisinière lui porta un peu de viande et une galette ; il les mangea et les trouva à son goût. Quand toutes les Margot furent rassasiées, elles disparurent et le bonhomme ne ferma pas l'œil de la nuit, pensant toujours à sa belle vache que les fées avaient dévorée. Le lendemain, quand il se leva, il visita sa maison, croyant trouver tout ravagé et tout pillé ; mais il n'y avait rien de dérangé, et il ne manquait dans sa table que la galette qu'il avait mangée. Il alla à son étable, le cœur bien gros, car il pensait que sa plus belle vache n'y était plus ; mais quand il eut ouvert la porte, il la vit à sa place ordinaire, aussi bien en point que la veille. Il se mit à tourner autour d'elle et à l'examiner avec attention ; il ne lui manquait qu'un petit morceau à la fesse ; c'était justement celui qu'il avait mangé.

Tout ce que les Margot avaient mangé était revenu à sa place, car elles avaient le pouvoir de ramener à son premier état ce qu'elles avaient détruit.

(Conté en 1881, par Julien Rilet, du Gouray, âgé de 38 ans).

## XII.

### LES FÉES ET LE TISSERAND.

Rien n'était impossible aux Margot la Fée ; elles étaient de tous les métiers et savaient chacun d'eux aussi bien que les meilleurs ouvriers.

Une nuit qu'elles étaient en tournée, elles entrèrent chez un tisserand qui avait sur son métier une pièce de toile peu avancée. Elles se mirent à tisser et le bruit réveilla le tisserand, qui ouvrit les yeux, mais ne dit rien. En quelques minutes, la pièce de toile fut achevée, et les Margot se mirent à l'admirer et elles disaient :

— Oh ! la belle toile ! faut-il la laisser comme elle est ? demanda l'une d'elles à la supérieure.

Celle-ci l'examina avec attention, puis elle découvrit un

petit défaut qu'elle leur fit remarquer, et quand elles l'eurent vu, la supérieure dit :

— Défaites la toile.

En un instant, la toile fut défaite.

Tous les soirs, elles venaient chez le tisserand et se livraient au même manège ; cependant, la pièce de toile qu'elles faisaient et défaisaient avançait, car le tisserand y travaillait tous les jours, et, après le départ des Margot, elle était justement dans l'état où elles l'avaient trouvée. Quand elle fut terminée, il l'enleva et mit à la place une autre pièce dont le fil était plus fin et qui devait être plus grande.

Ce soir-là, les Margot la Fée arrivèrent encore et se mirent à tisser avec rapidité, si bien qu'en peu de temps la toile fut achevée. Le tisserand songeait en lui-même :

— Si elles la laissaient comme elle est, cela m'épargnerait bien des journées de travail.

La pièce achevée, les fées se demandaient entre elles :

— Est-elle bien de même ?

— Oh ! ma foi oui, répondit le tisserand, elle est bien de même, sans doute.

Les Margot la Fée crurent que c'était leur supérieure qui avait parlé, ou bien elles furent effrayées d'ouïr cette voix, car elles s'en allèrent, laissant au tisserand la pièce toute tissée.

(Conté en 1881, par Julien Rilet fils, du Gouray, âgé de 38 ans).

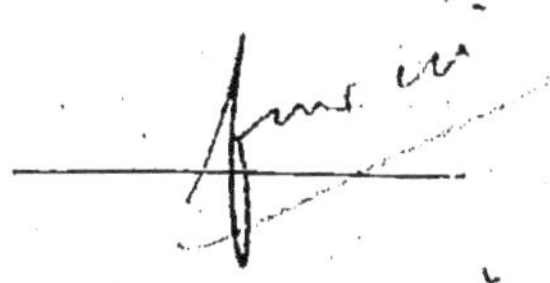

# LÉGENDE

Rapportée par M. CAURET, Professeur au Lycée de S.-Brieuc.

COMMENT NOTRE-DAME DE LAMBALLE FUT BATIE PAR LES
FÉES ET COMMENT LA TOUR DE CESSON NE FUT PAS
ACHEVÉE.

Le chœur de l'église Notre-Dame de Lamballe est bâti
sur de belles caves ayant pu ou pouvant être facilement
transformées en chapelle souterraine, et s'ouvrant au-
dehors par une porte basse, située au pied du mur côté
nord. Si vous interrogiez les plus vieux des habitants de
cette ville au sujet de cette porte à l'air mystérieux et
qu'ils n'ont jamais vu s'ouvrir, ils vous répondraient
invariablement, que c'est l'entrée d'un souterrain reliant
Notre-Dame au château de La Hunaudaye, avec ramifica-
tion jusqu'à la Caillibotière (1).

Ce souterrain a été construit par les fées en même temps
que le chœur de l'église : la meilleure preuve, c'est que
les galeries du chœur conduisent dans la chambre à Margot, comble du côté Nord, justement au-dessus de la porte
du souterrain, et qu'on voyait encore ces dernières années
sa quenouille pétrifiée dans un coin de la chambre. Tous
les trésors de Margot sont dans le souterrain : il y a des
monceaux de pièces de six francs.

Si les prêtres parvenaient jusqu'au tas d'argent, qui est
maintenant gardé par un suppôt du diable, il leur suffirait
d'y jeter quelques gouttes d'eau bénite et le trésor appar-
tiendrait à l'église. Ils ont bien essayé à diverses reprises ;

(1) Village de Saint-Aaron, à 6 kilomètres de Notre-Dame, où l'on pré-
tend voir les ruines d'un vieux château.

la dernière fois, il n'y a pas plus de cent ans ; mais c'est impossible. Ils étaient entrés dans le souterrain avec la croix, la bannière, chacun portant un cierge béni à la main pour éclairer la route, le recteur ayant ses étoles et un goupillon ; mais, avant d'avoir fait cent pas, ils virent une nuée de *guibettes* (variété de cousins) voltigeant autour de la flamme des cierges, et s'y brûlant en si grand nombre *qu'elles* finirent par tout éteindre. La procession eut bien de la peine à sortir du souterrain : depuis, on a condamné la porte et il est défendu d'y entrer.

Quant aux galeries du chœur, c'est une vraie chance qu'elles soient finies. Si vous avez passé sur le tertre de *Caliguet*, un des contreforts de la colline de Bel-Air, en Trébry, vous avez dû remarquer un grand nombre de pierres, de toutes dimensions, accumulées là comme à plaisir. Un fanatique des périodes glaciaires y verrait des traces indiscutables de moraines, de blocs erratiques, que sais-je ? Ce n'est rien de tout cela : c'est la dernière *devantelée* (charge d'un tablier) de Margot apportant des pierres à ses sœurs, qui bâtissaient Notre-Dame (1) et la tour de Cesson.

Elle laissa choir sa devantelée de surprise, à minuit, en passant sur le tertre, quand elle aperçut au clair de la lune, à ses pieds, un objet inconnu, avec des reflets blanc et noir, et qui l'effraya. Ce fut avec les plus grandes précautions qu'elle le ramassa, et, oubliant ses pierres, elle l'apporta jusqu'à Lamballe pour le montrer à ses sœurs et leur demander ce que c'était. Quand elle arriva, ses sœurs donnaient le dernier coup de truelle, ce qui l'étonna, car

(1) Suivant la légende, on aurait aperçu, il y a bien longtemps, dans les rochers sur lesquels s'élève Notre-Dame, au milieu des ronces, sous un bouquet d'aubépines *toujours* fleuries, une statuette de la Vierge Mère, conservée dans cette église sous le vocable de Vierge Miraculeuse. Les habitants la portèrent inutilement dans leur église paroissiale et dans chacune de leurs chapelles ; la nuit suivante, la statue retournait invariablement sur son rocher : c'était dire clairement aux Lamballais qu'elle voulait une chapelle en ce lieu.

Ils se décidèrent à construire une église, mais les travaux étaient à peine commencés que les fées achevèrent le tout dans une seule nuit, sans oublier la tour.

l'église n'était commencée que depuis dix heures, et elle n'avait apporté que trois devantelées de pierres. Voilà comment Notre-Dame a été bâtie en deux heures, par les fées, avec trois devantelées de pierres à Margot.

Les sœurs ne connaissaient pas davantage l'objet trouvé sur le tertre de Caliguet. En toute hâte, elles se dirigèrent vers Cesson, pour consulter les autres sœurs qui bâtissaient là et auxquelles Margot n'avait porté qu'une devantelée de pierres. Elles y trouvèrent la fée qui dirigeait les travaux ; mais, ces bonnes fées ne bâtissant pas comme nous, la tour était à ce moment dans l'état où nous la voyons aujourd'hui. La fée ingénieur, plus savante,. par conséquent, que les ouvrières, reconnut immédiatement le cadavre d'une pie (1). Il s'ensuivit une longue explication sur la vie et la mort ; cette nuit là, pour la première fois, les fées apprirent qu'elles devaient mourir ni plus ni moins que la pie du tertre de Caliguet. Pourquoi bâtissaient-elles cette tour, on n'a jamais su, mais en apprenant qu'elles ne vivraient pas toujours, elles s'écrièrent toutes ensemble : « A quoi bon continuer, puisqu'il faudra mourir ! Alors, *cessons !* » Elles laissèrent la tour à peine commencée, disparaissant à tout jamais, sans doute pour se préparer à la mort. Les gens d'alentour entendirent cette nuit-là un vacarme épouvantable et au premier chant du coq, à l'heure où prenait fin le pouvoir surnaturel des fées, tous les échos de la baie de Saint-Brieuc répétaient encore : *Cessons ! cessons !* Les pêcheurs, qui rentraient du large, voyant cette tour nouvelle et ne sachant comment l'appeler, lui conservèrent le nom que l'écho leur envoyait.

Telle est l'origine du nom de cette tour, et voilà pourquoi elle n'est pas finie.

---

Dans un conte recueilli à Saint-Cast, et que j'ai publié dans mes *Contes populaires de la Haute-Bretagne*, p. 24, une fée assure que la Houle (grotte) de Chêlin va jusque sous la cathédrale de Lamballe.

(1). Margot est le nom vulgaire de la pie.

Voici un autre récit qui attribue à ce souterrain une origine qui diffère à la fois de celle rapportée dans le conte et de l'intéressante légende recueillie par M. Cauret :

Le souterrain qui part de dessous l'église Notre-Dame, à Lamballe, va jusqu'à la mer ; il a été creusé par les Anglais, qui voulaient s'emparer de la ville. Les habitants furent avertis du danger par un des saints de l'église ; son doigt, qui était primitivement élevé, se baissa un peu tous les jours, on finit par le remarquer, et, ayant creusé dans la direction que montrait le saint, on trouva le souterrain.

Les Anglais furent surpris, et l'on en tua tant, qu'il y avait, dans la rue Bario, un *moulant* de sang assez fort pour faire tourner la roue d'un moulin. Pour atteindre ceux qui étaient restés dans le fond du souterrain, on attacha des faux à deux bœufs dans l'oreille desquels on mit de l'argent-vif (du mercure), et on les lâcha dans le souterrain, où ils mirent en pièces ce qui restait des Anglais.

C'est depuis cette défaite que les Anglais appellent Lamballe : « le traître Lamballe. »

PAUL SÉBILLOT.

---

Il faudrait un volume pour recueillir toutes les légendes qui concernent parfois un seul et même fait. L'art du conteur est contagieux et la fantaisie de chacun y règne en maîtresse. Voici comment, de son côté, M. Cauret a entendu raconter ce fameux massacre des Anglais :

### COMMENT LES ANGLAIS FURENT MASSACRÉS

Au-dessus de la porte d'entrée de Notre-Dame, côté ouest, à l'intérieur, le visiteur aperçoit une statue en bois (2<sup>m</sup> de hauteur), dont la pose ne laisse pas de surprendre en pareil lieu.

La tête est légèrement renversée en arrière et nue ; le bras droit est levé au-dessus de la tête ; la main, un peu tendue, supporte un emblème indéchiffrable, mais pouvait aussi bien, dans le principe, agiter les grelots d'une *Folie* que jeter le bonnet phrygien d'une Raison par dessus les moulins ; le pied cambré, le bras gauche arrondi et un peu éloigné du corps ont l'air d'esquisser une figure de carmagnole.

Les vieux conteurs vous chuchotent à l'oreille que c'est une statue de la Liberté ou de la Raison, qui fut substituée à celle de la Vierge miraculeuse, pendant la grande Révolution, et devant laquelle on mariait au son du tambour. Leurs pères ont parfaitement connu la vieille demoiselle qui servit de modèle au sculpteur, quand elle était jeune. En les poussant un peu, ils vous disent même son nom.

Toujours est-il que cette statue est restée au-dessus du maître-autel jusqu'à ces dernières années : quand on a refait les boiseries du chœur, on a remis la statue miraculeuse à sa place et on a reporté la grande aussi près que possible de la porte, sans oser la mettre dehors.

Quand on en fit la Foi, à la restauration, on lui appuya le bras gauche sur une croix qu'elle paraît tenir malgré elle et on substitua à l'emblème qu'elle devait avoir dans la main droite celui qu'elle porte aujourd'hui.

Toujours si l'on en croit la légende, cette statue serait le saint dont le bras s'abaissa pour indiquer le souterrain, comme le raconte M. Sébillot, mais avec la variante que voici :

Les Anglais avaient pénétré dans la place et se préparaient au pillage, après avoir mis une bonne garde à l'entrée du souterrain. Ils descendaient en ville par la grande rue Notre-Dame, en rangs plus serrés que la foule qui suit le Saint-Sacrement à la Fête-Dieu. Dans leur précipitation, ils oublièrent deux énormes coulevrines chargées à mitraille, chacune contenant plus de quatre barriques de projectiles, et qu'ils avaient braquées sur la ville pour effrayer les habitants.

Une pauvre veuve, femme du peuple, priait toute seule

à Notre-Dame, avec son petit enfant, quand elle vit cette grande statue lever son bras droit et tenir dans sa main une torche allumée.

Saisie de frayeur, elle sort en toute hâte, aperçoit la mèche qui fume auprès des coulevrines restées sans gardiens et la rue pleine d'assiégeants se ruant au pillage. Le geste de la statue, mais c'est l'ordre de mettre le feu, ce qu'elle s'empresse de faire. On entendit alors une détonation épouvantable et tous les Anglais furent massacrés, un peu par la mitraille et beaucoup par une puissance surnaturelle qui profita du nuage de fumée produite pour tuer le reste.

Le geste si bizarre de la main gauche aurait indiqué le souterrain aux défenseurs de la place, avant l'entrée des Anglais.

# TABLE